Modvareil

La manipulatrice

Du Même auteur

Poésie Chienne de Vie, EDILIVRE, Août 2015
Le Pardon est-il une preuve d'Amour ? , EDILIVRE, Août 2016

Biographie Florent Lucéa

Florent Lucéa

Artiste plasticien et écrivain, ancien Auditeur Libre des Beaux-Arts de Bordeaux, Florent Lucéa cherche à divertir les autres avec des œuvres picturales et littéraires amenant à la réflexion, bourrées d'indices et libres de faire naître en chacun ses propres interprétations. Il crée des dessins sur tous les supports possibles, des peintures avec différentes techniques, des sculptures avec des matériaux de récupération inventant ainsi le "Récup'art". L'imaginaire est au cœur de sa pratique créative, empreinte d'onirisme, de mysticisme et de sincérité.

6

Remerciements

Mon fils, je te remercie d'avoir toujours été là, à mes côtés, dans les bons et mauvais moments.

Je sais que tu m'aimes, mais ton cœur est troublé, tu cherches ta voie, l'amour, le bonheur.

Au fond de toi, tu as peur de ne pas être à la hauteur, tu doutes de toi à chaque instant.

Tu te demandes si tu vas trouver l'âme sœur.

Tu t'accroches à cet amour, mais es-tu sûr d'avoir pesé le pour et le contre ?

Pendant plus de deux ans et demi, tu as donné de ta personne, sans retour. Mensonge, rejet, jalousie étaient ton quotidien.

Tu as tout stoppé, mais voilà, tu es de nouveau dans ses griffes. Elle ne fait que te manipuler, et tu ne vois rien.

Malgré cela, tu es toujours là pour moi, même si elle essaye par tous les moyens de t'éloigner de moi.

Ton amour envers moi est immense, et je sais que jamais tu ne m'abandonneras, loin ou près, tu me garderas dans ton cœur : c'est l'amour d'un fils pour sa mère.

Tu as compris que les liens parentaux sont très riches, et que rien ne pouvait les atteindre.

Je te dis merci.

Toi, mon fils aîné.

Préface

Toi, mon fils, mon aîné...

Toi, mon fils, mon aîné,
La lumière de ma vie.
Tu es né,
Tu as grandi,
Tu es devenu un homme.
Tu m'as apporté,
Tant de joie, de bonheur, d'espoir,
Pendant toutes ces années auprès de moi.
Tu as été à mes côtés,
Tu m'as soutenue,
Tu m'as aidée,
Dans les bons et mauvais moments.
Maintenant, tu as pris ton envol.

Toi, mon fils, mon aîné,
La vie n'est pas toujours rose,
Des hauts et des bas t'attendent,
Des joies, des chagrins.
Lève la tête et avance,
Dans ce monde sans pitié,
Fais ton nid,
Pense à toi,

Fonde une famille,
Regarde toujours devant toi,
Ne te retourne pas,
Laisse le passé derrière toi,
L'avenir est à ta porte.

Toi, mon fils, mon aîné,
L'amour, le vrai, existe,
Cet amour donné ne blesse jamais,
Ne le rejette pas,
Ne le déçois pas,
Ne le cherche pas,
Il est là, auprès de toi,
Présent depuis ta naissance,
Et te suivra jusqu'à la fin.
Bien sûr, tout n'a pas été parfait
Personne ne connaît la solution,
Mais, rien, n'est plus beau,
Que l'amour d'une mère,
Aucune mère n'est parfaite,
Et une mère parfaite n'existe pas.

Toi, mon fils, mon aîné,
Tu as un cœur pur,
Tu es sensible,
Plein d'amour et de générosité,
Tu as de grandes valeurs,

Prends confiance en toi,
Regarde autour de toi,
Avance la tête droite,
Le regard vers l'avant,
Avance vers ton destin,
Ne baisse jamais les bras,
Tu as devant toi, ton avenir,
Un avenir que tu choisiras,
Ne laisse pas les autres,
Détruire tes valeurs,
Tes faiblesses fais-en ta force,
Et continue ton chemin tout droit,
Ne dévie pas,
Car un seul faux pas,
La vie ne pardonne pas.

Toi, mon fils, mon aîné,
Prends ton courage à deux mains,
Avance, ne recule jamais,
Et accepte l'amour, le vrai amour,
Cet amour à jamais sera près de toi,
L'amour d'une mère est sans limites.

Toi, mon fils, mon aîné,
À jamais dans mon cœur,
Pour la vie,
Même dans le plus grand désarroi,

Je serai là, loin de toi, près de ton cœur,
Tu es toi, je suis moi,
Et tu seras,
Toi, mon fils, mon aîné,
Toujours au fond de mon cœur,
À jamais, pour la vie.
Toi, mon fils, mon aîné,
Mon amour, pour toi,
Sera toujours plus fort
Que nos différences,
Toi, mon fils, mon aîné.

MODVAREIL

Introduction

Mon fils, mon aîné, sache que la vie n'est pas faite d'amour et d'eau fraîche.

La vie est bien différente, elle est basée sur le travail, la confiance.

Le verbe "Aimer" est bien compliqué, lorsque nous ne sommes pas libres de notre cœur. Je sais que tu ne peux pas contrôler cet Amour, tes émotions.

La vie est un moment tendre avec l'être aimé,

La vie est un partage à deux,

La vie est une intimité de chaque instant,

La vie est un instant de tous les jours,

La vie est un partage du quotidien à deux,

La vie comporte des gestes, une compréhension, des mots tendres,

La vie prend sa source avec la confiance en chacun.

Pourtant, la vie de couple est loin d'être un long fleuve tranquille.

Il est exaltant de s'engager dans une relation à deux avec l'âme sœur. La vie de couple est un formidable bonheur, qu'il faut savoir préserver. Mais elle connaît souvent des hauts et des bas. Il n'y a pas de recette miracle.

Être avec l'autre, ça ne veut pas dire le coller, c'est à bannir.

Par contre, être avec quelqu'un, c'est construire ensemble, faire des projets, et surtout se respecter mutuellement.

Un couple est une maison avec des fondations :

- Si l'un deux part en vrille, la bâtisse s'effondrera, car une relation basée sur un départ de mensonges, ne pourra tenir, et d'autant plus si l'un des deux manipule l'autre,

- Si l'un apporte plus de pierres que l'autre, l'édifice penchera dans un sens et se cassera la figure.

- Si l'un de vous est rongé à l'intérieur par des problèmes qu'il essaie de résoudre et qu'il les fuit en s'enfermant dans la relation, la bâtisse craquera, car la construction est sur des bases rouillées.

Qu'est-ce que l'amour ?

L'amour est une affection profonde.

Le Petit Robert nous dit qu'une émotion est : "un mouvement, une agitation, une réaction affective, en général intense". L'amour serait donc un mouvement vers quelqu'un. Comment deux personnes en mouvement, l'une vers l'autre et dans leurs vies respectives, peuvent-elles faire durer ce mouvement réciproque à travers les vicissitudes de la vie à deux ?

Sache que s'aimer, ce n'est pas fusionner en un être unique. Chacun des partenaires a besoin d'avoir des amis, des activités et des moments qui lui sont propres. Ces moments personnels sont nécessaires à l'équilibre de chacun et du couple, car tu ne peux, seul, répondre réciproquement à tous vos besoins.

Rien n'est parfait, dans un couple.

Chacun peut faire des faux pas, blesser l'autre, le décevoir, mais l'important est de reconnaître ses erreurs, de les réparer, en évitant de les répéter, en changeant d'attitude ou en accomplissant un geste concret, selon la situation.

Michel Lemieux nous le dit bien dans ses propos :

« On ne peut demander à l'autre de nous pardonner si on ne s'emploie pas à réparer la faute ou si on la répète ».

Pour que l'amour d'un couple dure, il faut que les deux aient envie d'y travailler. Chacun doit être prêt à fournir les efforts pour maintenir l'harmonie ou l'améliorer.

Si cette volonté commune n'existe pas, le couple risque de disparaître, de ne pas durer, et il est inutile de vouloir s'acharner pour construire des murs sur des bases instables.

Comme le dit encore Michel LEMIEUX :

« En revanche, si vous y travaillez à deux, vous pouvez raviver la flamme, être plus heureux ensemble ou changer certains comportements, et ce, même après 10, 20 ou 30 ans de vie commune ».

Je te dédie ce poème que j'ai écrit pour toi, dans des moments où tu étais en détresse, et que je ressentais au fond de moi tous tes désarrois et tes émotions.

Un amour, une larme...

Un amour, une larme dans mon cœur,
Un amour à l'infini qui fait pleurer mon âme,
Un amour à jamais qui crie de désespoir.

Seul, je me bats pour notre amour,
Seul, j'avance sur ce chemin du bonheur,
Seul, je ne vois pas l'horizon du bien-être.

Innocent, j'accepte la souffrance,
Innocent, j'endosse les caprices,
Innocent, je concède à me courber.

Un amour, une larme dans mon cœur,
Un amour, sans lendemain à deux,
Un amour, sous la menace.
À chaque instant, je bascule,
À chaque instant, je suis triste,
À chaque instant, mon cœur pleure.

Mes yeux ne veulent pas regarder,
Mes yeux ne voient que l'amour,

Mes yeux se remplissent d'anxiété.

Un amour, une larme dans mon cœur,
Un amour, sans ami, sans famille,
Un amour basé d'amour et d'eau fraîche.

Je cherche et ne comprends pas,
Je cherche et aucune réponse,
Je cherche toujours une solution.

Un amour, une larme dans mon cœur,
Un amour qui me détruit peu à peu,
Un amour, sans compréhension.

J'aimerais pouvoir exprimer mon chagrin,
J'aimerais essayer de manifester mes désaccords,
J'aimerais extraire le mal qui me ronge.

Je souhaiterais vivre sans peur du lendemain,
Je souhaiterais respirer sans crise de jalousie,
Je souhaiterais réaliser mes rêves.

Un amour, une larme dans mon cœur,
Un amour, sans jardin secret.
Un amour, étouffant de reproches.

Mon cœur bat fort au fond de moi,
Mon cœur crie de douleur,
Mon cœur fuit la solitude.

Je n'ose regarder l'avenir en face,
Je n'ose entrevoir mon destin,
Je n'ose me plaindre de ma tristesse.

Un amour, une larme dans mon cœur,
Un amour, où tout est rejet.
Un amour, manipulé par des mots de menace.

Je n'arrive pas à comprendre cet amour,
Je n'arrive pas à mettre fin à cette souffrance,
Je n'arrive pas à me détacher.

Ma bouche aimerait faire comprendre,
Ma bouche apprécierait des mots doux,
Ma bouche maudit les malentendus.

Un amour, une larme dans mon cœur,
Un amour, fuyant à mes yeux,
Un amour, esclave de mon amour.

Aucune amabilité avec les autres,
Aucune compréhension de sa part,
Aucune responsabilité dans la vie.

Ma tête explose sous la déception,
Mon corps ne répond plus,
Mon cœur hurle à l'agonie.

Un amour, une larme dans mon cœur,
Un amour, sans but s'ouvre à moi,
Un amour basé sur une insociable.

Je porte tout à bras-le-corps,
Je porte seul les responsabilités de notre vie,
Je porte notre avenir sans savoir où je vais.

Que faire ?
Que dire ?
Que comprendre ?
Seulement, un amour, une larme dans mon cœur.

MODVAREIL

Sache que je serai toujours là pour toi, dans les bons et mauvais moments, maintenant et à jamais. Même loin de toi, sois sûr que je t'aimerai.

La naissance de l'amour...

Un beau matin, mon fils m'a demandé s'il pouvait me présenter son amie. J'étais très heureuse pour lui. Enfin, il avait tourné la page, et de nouveau, je le sentais heureux.

Heureux d'avoir retrouvé le goût de vivre, et une nouvelle relation.

Je me sentais fière de sa demande.

Mais, hélas, je ne savais pas que j'allais endurer tant de souffrance pendant plusieurs années.

J'ai accepté comme à chaque fois son souhait. Malheureuse, je m'en mords les doigts encore aujourd'hui. Je pensais en moi-même, il a trouvé son âme sœur, et prend son envol. Oh, mon dieu, que de fausses idées. Au fil des jours de sa présence, je me suis rendu compte que leur histoire d'amour n'était basée que sur des mensonges entre eux, et les personnes qu'ils côtoyaient.

Je ne sais plus à quel moment, j'ai ressenti un mal-être en sa présence, mais au fil des jours ma douleur augmentait, je ressentais beaucoup d'angoisse pour mon fils qui ne voyait rien arriver. Comme nous disons toujours, l'amour rend aveugle.

Tant qu'elle venait de temps en temps à la maison, tout se passait à peu près bien. Elle apparaissait au premier abord, comme charmante, sincère et dévouée, faisant preuve d'une grande sociabilité. Elle avait le contact facile et naturel, une image de sa personne sympathique et aimable. Je n'en croyais pas mes yeux, c'était presque irréel. Je me disais quelle chance, enfin, il a trouvé une personne correcte. J'étais heureuse pour lui.

Elle donnait une image d'elle irréprochable, toujours bien soignée dans les moindres détails. Rien ne laissait prédire qu'elle jouait à un jeu. Un jeu à qui perd gagne, un besoin de jouer pour exister. Son besoin était intense, car pour elle, sa vie n'avait plus aucun sens : un besoin de se rapprocher de personnes plus ou moins psychologiquement fragiles et formant une famille heureuse. Malheureusement, je faisais partie de ces personnes ainsi que mon fils. Pour ma part, j'avais de gros problèmes psychologiques, trop bonne pour refuser quoi que ce soit à mon fils.

Mon fils était fragile, il pensait qu'il ne pourrait pas plaire aux filles ni fonder une famille. Il se dévalorisait et n'avait pas confiance en lui.

Nous étions pour elle des proies idéales, un moyen pour obtenir un bénéfice et un avantage personnel.

Après un certain temps, j'ai appris qu'elle était mineure, qu'elle allait encore à l'école, qu'elle vivait dans une famille d'accueil.

Que m'importait qu'elle soit mineure, qu'elle vive dans une famille d'accueil, pour moi, je ne voulais que le bonheur de mon fils, qu'il se sente bien dans sa peau avec elle.

Le reste n'avait pas d'importance. Je voyais mon fils heureux, et qu'il arborait un besoin de vivre. Je me sentais bien de le voir heureux comme un poisson dans l'eau.

Lorsqu'elle est venue dans notre famille, je lui ai ouvert mon cœur, un amour comme une mère à sa fille. Je la considérais comme ma propre fille. J'étais remplie de joie, de bonheur au fond de mon cœur.

Après plusieurs mois, mon fils est venu me voir pour me demander si sa copine pouvait venir vivre à la maison. Après maintes et maintes réflexions et tensions entre nous, j'ai accepté. Autour de moi, j'ai subi beaucoup de reproches, comme : « Tu vas le regretter, encore une fois, tu vas t'en mordre les doigts... » Mais rien n'a pu me faire changer d'avis, je ne voulais que le bonheur de mon fils.

J'avais de leur part, la promesse qu'elle continue ses études, qu'elle aide à la maison, plus de mensonges, et du respect envers chacun.

Je m'investissais entièrement, car l'école n'était pas à côté, pas de moyens de locomotion pour y aller. De ce fait, J'avais proposé de l'accompagner tous les matins et de la reprendre le soir.

Et bien, nous y voilà, tout est tombé à l'eau.

La guerre au quotidien...

Lors de mon hospitalisation, la première chose faite dans mon dos, a été d'arrêter ses études, et d'embobiner mon fils et ma fille leur faisant croire comme à moi, qu'elle allait chercher du travail.

Évidemment, elle n'avait aucun diplôme. À notre époque, il est très dur de se présenter à un patron avec un curriculum vitae vide, sans expérience.

À mon retour de l'hôpital, j'ai ressenti beaucoup de conflits dans ma maison. Mon deuxième fils ne la supportait pas. Celui-ci ayant une forte personnalité, ne mâchait pas ses mots, et montrait ouvertement son désaccord.

Dans la vie, il est important de se respecter les uns les autres, suivre les règles pour permettre d'aller de l'avant.

Il faut savoir que lorsque vous rencontrez une telle personne qui grâce à sa façon d'agir envers vous, manipule votre vie pour en obtenir des avantages, des bénéfices pour elle, vous contrôle, vous êtes à sa merci.

Elle y arrivait, ne donnait rien de sa personne en retour malgré tout ce que nous pouvions lui apporter : amour, toit, nourriture, vêtement, affection, gentillesse, aide, sorties...

En contrepartie, toujours en effervescence, toute occasion était bonne pour lui permettre d'agir, sans scrupule. Elle saisissait à pleines mains les moments pour agir et les transformer, pour se les adapter à ses propres besoins.

Nous étions des proies faciles. Avec son petit air, elle trouvait le moyen de nous influencer. Agissant toujours en fonction de son intuition, elle avait un besoin instinctif de manipuler pour se sentir vivante, en perpétuelle effervescence. Toutes occasions lui permettaient d'agir et n'ayant pas de scrupule à les saisir, elle les transformait pour les adapter à ses besoins.

Elle savait agir lentement et sournoisement, elle s'infiltrait petit à petit dans votre personnalité et vous transformait par la sienne.

Toujours attentionnée, flatteuse, aimable et généreuse, sociable, même trop souvent pour arriver à son but.

Je découvrais peu à peu qu'elle nous tenait, et qu'au fur et à mesure, elle utilisait son comportement pour mieux nous avoir sous sa coupe, pour nous imposer progressivement ses idées, et nous avoir entièrement sous son influence.

Mon fils et moi étions ses victimes, et elle maintenait sans cesse une pression grandissante, en gagnant notre sympathie, en partageant nos idées et nos opinions pour mieux imposer les siennes.

Au fil du temps, la pression devenait grandissante en captant l'attention sur elle-même.

Toutes discussions étaient impossibles, elle déviait tous les sujets : travail, ménage, aide, problèmes quotidiens, sorties...

Plus le temps passait, plus le conflit grandissait, en coupant la parole, en parlant fort en se lançant dans des méandres sans fin, pour faire perdre le fil des conversations.

Elle attendait toujours le bon moment, pour renverser la situation à notre détriment. Lorsque nous étions seules, elle prenait bien soin de me tourmenter en utilisant des principes moraux à son avantage et m'induire à moi-même un lourd sentiment de fautes.

Elle savait où m'atteindre et quand, sur des points sensibles comme l'injustice, l'abandon, l'amour... Je me sentais impuissante devant elle, seule face à elle, je m'isolais de tout, coupant toutes relations avec mon entourage.

J'avais appris qu'elle n'avait pas eu une enfance heureuse, des problèmes familiaux, très jeune mise en maison d'accueil. Je me sentais le devoir de lui donner de l'amour, de l'affection, de la tendresse.

Mais je ressentais qu'au fond d'elle-même, elle avait une perte totale de confiance en elle, d'amour-propre, et qu'elle se haïssait.

J'essayais malgré toutes les tensions de continuer à faire au mieux, mais je sombrais chaque jour davantage, ne pouvant plus supporter son manège envers moi.

J'étais seule, face à elle, j'étais le bourreau, elle une sainte. Mon fils prenait à tout moment sa défense. Ma fille essayait de me faire comprendre qu'elle était jeune, avait souffert dans sa vie.

Ce n'est pas la seule dans ce cas, d'autres s'en sont sortis, et sont heureux.

J'ai essayé à maintes reprises de chercher à la raisonner, mais rien à faire, elle était ancrée dans ses convictions au point d'en oublier qu'elle me devait le respect, et que par son comportement, elle me blessait, me tourmentait.

Nous avons eu souvent des coups de gueule, j'en sortais malade un peu plus, rien n'y faisait, ni la gentillesse, ni la douceur. Elle avait décidé que j'étais son souffre-douleur.

Elle savait pertinemment mes faiblesses, et en profitait à cœur joie, en s'en servant, pour faire pression sur moi.

Elle savait que j'aimais mes enfants, et que je ferais tout pour eux. Que je n'appréciais pas une maison sale...

Tout mon être était perturbé dans les domaines relationnels et émotionnels. Elle me faisait culpabiliser, semer le doute et la zizanie avec mes proches, se déresponsabilisait, se montrant sous une autre facette devant les autres en changeant ses attitudes et indifférentes aux besoins d'autrui.

À leurs yeux, elle se montrait toujours souriante, extravertie, bonne vivante, elle offrait une image d'une jeune fille bien dans sa peau, en forme. Les coups qu'elle portait étaient discrets. Je subissais à chaque instant ses sarcasmes.

Au quotidien, seuls des mensonges sortaient de sa bouche, elle niait l'évidence, même avec des preuves à l'appui, n'acceptait pas les idées des autres. Elle dissimulait sa façon d'agir au milieu de comportements corrects dans les relations extérieures. Son objectif était de mettre tout le monde de son côté, par des mots gentils, des petits cadeaux, des compliments.

Elle avait un physique agréable, mignon, tout pour plaire à une personne. Elle regardait toujours droit dans les yeux afin de se rendre compte de l'effet qu'elle imposait.

Elle posait souvent des questions et s'en servait contre moi. Je me sentais perdue, impuissante, mal dans ma peau, dépendante d'elle.

Je regrette maintenant d'avoir accepté qu'elle vienne chez moi, car entre le chantage affectif, les menaces, le mensonge, le désordre occasionné entre nous, la peur du lendemain, je me sentais vidée de tout, impuissante, jusqu'à me remettre en question sur mon comportement.

Je cherche et je cherche encore la solution, mais je ne trouve pas, je suis sous son emprise.

Je ne suis pas la seule dans ses griffes, mon fils, aussi, en le manipulant chaque jour d'avantage, par des chantages, des menaces de se foutre en l'air, par des paroles : "je suis enceinte, j'ai besoin de toi pour vivre, sans toi, je suis perdue..."

Au fil des jours, j'ai vu mon fils changer, tantôt gai, tantôt triste, l'air soucieux, appelant à l'aide. Ses amis disparaissaient au fur et à mesure, elle n'appréciait aucune personne en contact avec mon fils. Il ne devait que s'occuper d'elle et rien d'autre. Un mur autour de lui se formait chaque jour d'avantage, par des chantages, des colères, des cris, des reproches sans cesse grandissants.

À chaque instant, je m'apercevais que son comportement et son langage comportaient beaucoup de mensonges... Elle était allergique aux efforts, son but était d'obtenir des cadeaux par sa séduction grâce à sa gentillesse déguisée. Vis-à-vis de mon fils, elle suscitait un sentiment d'admiration, de fascination, par sa façon d'agir, sa gentillesse, sa beauté. Elle a créé, un déséquilibre dans sa relation de communication, un sentiment de mal-être, voire de dépendance.

À tout moment, tantôt chantages affectifs, menaces, mensonges, tantôt flatteries et marchandages enfermaient mon fils dans des décisions qu'elle le poussait à prendre.

À chaque personne, elle donnait une version différente des faits, afin de détruire l'entourage, et semait la zizanie entre nous.

Elle critiquait sans cesse par-derrière et nous dévalorisait pour mieux se faire plaindre.

Bien des fois, elle acceptait de faire des recherches pour trouver du travail, elle acceptait l'engagement, mais ne le tenait pas, et agissait différemment de ce que nous avions prévu, en s'enfermant dans la chambre, prétextant qu'elle n'allait pas bien, que ce n'était pas un travail pour elle.

Elle refusait souvent de sortir, passait tout son temps enfermée' dans la chambre entre quatre murs, les contrevents fermés, avec les deux chats.

La chambre n'était jamais faite. Les chats dormaient, mangeaient dedans, et restaient avec elle du matin au soir sans sortir eux non plus.

Le peu qu'elle sortait, c'était pour m'agresser, afin de pouvoir aller se plaindre à ma fille et mon fils, et à bien d'autres personnes.

J'étais le bourreau pour elle, car je n'acceptais pas son comportement, de rester au lit nuit et jour à ne rien faire, car j'estimais que vivant sous mon toit, elle devait au moins donner un coup de main au ménage, tenir la chambre propre, et aider à la cuisine. Ce n'est pas une vie de vivre enfermée dans le noir ni de passer son temps sur l'ordinateur, et devant la télévision.

Tout était trop dur pour elle, toujours fatiguée, trop épuisant à faire.

Lorsqu'elle était décidée, elle faisait le travail à moitié, et je devais tout recommencer derrière elle.

Je n'avais pas un moment de tranquillité. Les reproches pleuvaient de partout, je n'en pouvais plus. C'était trop.

Grâce à son emprise sur mon fils et moi-même, elle nous avait convaincus que nous ne valions pas grand-chose. Elle défaisait nos croyances, nous faisait douter de nous, écartait nos qualités, les minimisait, en mettant le soupçon, nous écrasait et mettait en relief nos défauts. Elle nous isolait de tout le monde, en nous éloignant des autres, de nos amis, de nos collègues, en mettant un soupçon sur eux, en les critiquant, en créant des conflits, ainsi, elle nous éloignait de tous nos appuis, soutiens sains et stables. De ce fait, mon fils et moi ne savions plus où nous retourner pour demander de l'aide. Elle connaissait très peu d'amis(es), et sa famille était inexistante à ses yeux, quelques bribes par-ci, par-là.

Elle pensait que nous voulions la manipuler et les autres aussi. Elle n'arrêtait pas de mentir sur tout, son passé. Elle se nourrissait de notre humiliation, et jouait au chat et à la souris avec nous.

C'est vrai qu'au début tout était rose, mais au fil des jours, des mois, après nous avoir fait croire que nous étions aimés, appréciés, elle a montré son vrai visage, en nous faisant des crises de plus en plus fréquentes. Le cauchemar était là, les bons moments étaient de plus en plus rares. Sa gentillesse faisait place à sa méchanceté.

Les mois ont passé, les années aussi, avec une alternance de bons moments et de moments de crises de jalousie, de violence, d'accusations, de reproches, d'insultes. Nous n'arrivions plus à la reconnaître, et le doute commençait à se poser, des questions à n'en plus finir. Nous passions par des moments de déprime, jusqu'à la dépression. Notre estime était attaquée et baissait au fur et à mesure du temps qui passait. Nous ressentions de la honte en réalisant qui elle était vraiment.

Je me suis rendu compte plus vite que mon fils de son manège. Malheureusement, lui avait les yeux fermés, il était fou amoureux, et l'amour rend aveugle.

Pourtant, je me suis remise souvent en question. Je ressentais de la culpabilité, avais-je fait tout pour qu'elle soit bien dans sa peau ?

J'ai eu des moments de colère, de désarroi, de l'amour, de la gentillesse, rien n'y a fait, elle est restée de bloc.

Au bout d'un moment, j'en ai eu assez, ne pouvant supporter plus. Il fallait mettre un terme, une rupture, couper les liens, ne plus ouvrir sa bulle d'émotions, et ne pas croire qu'elle allait réparer ce qu'elle avait cassé. J'ai fait le deuil d'une communication normale avec elle. J'ai essayé de rester indifférente, froide, rester dans le flou, faire de l'humour, rester polie, ne pas entrer dans des discussions qui ne mènent à rien, ni être agressive, j'utilisais parfois l'ironie, mais très difficile à contrôler, et à ne plus justifier mes actes.

Alors un beau matin, il fallait annoncer ma décision, j'avais envie de partir loin, de déménager, et vivre loin de tous ces problèmes.

Chacun chez soi.

Chacun chez soi...

Je me suis mise en quête de trouver une maison, en leur demandant d'en faire autant, car dès que j'aurai trouvé, j'allais faire mes valises.

Tous les jours, je faisais des cartons, pour avancer dans ma quête de partir rapidement.

Pendant ce temps, personne ne bougeait. Continuant à vivre sans effort, ni chercher un logement pour eux.

Puis, le verdict est tombé, ne restant plus que 20 jours, pour partir. Moi, j'ai trouvé une nouvelle maison. Là, le silence, personne n'avait cru à mes menaces de partir.

Mon fils a commencé à m'en vouloir, et se sentait trahi par moi, et m'en voulant de se retrouver à la rue avec sa copine. Pourtant, j'avais averti tout le monde, mais bien sûr comme toujours, personne ne se donnait la peine de chercher, ni de commencer les cartons.

J'ai dû me mettre en quatre pour leur trouver un appartement, rien ne lui convenait. Elle voyait grand, des maisons ou des appartements à des prix exorbitants. Avec un seul salaire, cela n'était pas possible, d'autant plus qu'elle ne faisait aucun effort pour vouloir travailler, ni avoir son indépendance rapidement avec mon fils. Elle avait tout à porter de main, pourquoi chercher ?

Comme toujours maman est là, elle va tout arranger. Après maintes recherches, j'ai trouvé un deux-pièces, le loyer était dérisoire, la propriétaire très arrangeante, mais cela ne plaisait pas à mademoiselle. Mon fils après avoir vu les photos que je lui ai fait parvenir, m'a donné son accord, et le jour même de la visite tout fut réglé. Je me suis portée bien sûr caution, encore une erreur que j'ai faite. Mais c'était mon fils.

Là encore, aucun effort pour trouver du monde pour aider, ni véhicule pour le déménagement, toujours des mensonges à n'en plus finir, oui, nous avons trouvé, mais au dernier moment, tout tombait à l'eau. Je me suis mise à préparer les cartons, leur prévoyant une machine à laver, un micro-ondes, vaisselle, meubles et j'en passe. Pour elle, tout était normal, un dû comme à chaque fois.

La veille du déménagement, rien à l'horizon, nous avons dû contacter nos relations afin de pouvoir emmener les affaires à l'appartement. Ce n'était pas la porte à côté. Heureusement, j'avais de super amis sur qui je pouvais compter pour m'aider.

Le jour J, bien sûr, il n'a pas fallu compter sur elle, trop lourd, je ne peux pas, je suis fatiguée, et j'en passe. À 18 ans, c'est grave, mais par contre, que moi, je fasse les aller-retour à mon âge, c'était normal. Tout lui était dû comme d'habitude.

Enfin, j'allais avoir ma tranquillité, après un an et demi de calvaire.

Je ne me doutais pas à ce moment-là que j'allais de nouveau souffrir, et devoir subir encore et encore son manège.

Lors de mon départ, tout avait été prévu pour le déménagement, camion, amis pour aider, tout se passa très bien. Mon fils est venu directement à notre nouvelle maison pour nous aider à décharger, par contre, elle n'a pas dénié venir. Mais dans un sens, j'étais soulagée de ne pas l'avoir dans mes pattes.

Malheureusement, nous avons trouvé l'appartement, et la maison dans le même coin, 7 kilomètres nous séparaient les uns des autres.

J'ai dû entreprendre toutes les démarches pour ouvrir tous les compteurs, les changements d'adresse, les papiers administratifs à faire au niveau de la CAF, de la CPAM, mademoiselle comme d'habitude ne s'inquiétait pas. Elle attendait sagement que tout soit fait comme à l'habitude. Mon fils ne pouvant le faire à cause de son travail. Pour elle, ses chats, sa télévision, l'ordinateur étaient ses priorités.

La vie en couple...

Les débuts de leur cohabitation semblaient se passer normalement, tout était nouveau, la liberté de faire ce qu'ils voulaient, quand ils voulaient.

Personne à qui rendre des comptes. Malheureusement, les beaux jours ne furent que de courte durée.

Les problèmes d'argent commencèrent à se faire sentir. Ne sachant tenir un compte, ni faire les prévisions pour vivre, les factures s'entassèrent, le courrier non ouvert. Mademoiselle passait son temps au lit, devant la télévision, le ménage était inexistant, les repas non-prêts lorsque mon fils arrivait du travail, le linge s'entassait, les chats pissaient partout.

La maison ressemblait au fil du temps à un taudis, l'odeur était insupportable, leurs vêtements étaient imprégnés de l'odeur de pisse, de merde des chats.

Aucun effort de sa part, elle ne cherchait pas du tout de travail, racontant des mensonges à tour de bras. Pendant ce temps, mon fils s'enfonçait doucement dans les problèmes, mais prenait toujours sa défense. Je n'avais pas le droit de la critiquer, ni de faire part de sa façon d'agir vis-à-vis de lui.

J'ai commencé à les aider au niveau de la nourriture, des factures à payer, de m'occuper de tous les papiers. Cela ne suffisait pas à ses yeux. Je m'insérais dans sa vie de couple, elle ne le supportait pas. Malgré que je me sois investie en leur proposant de venir manger à la maison, de leur laver le linge en retard, d'aider dans le ménage. J'étais toujours la méchante future belle-mère. Parfois, nous les sortions avec nous, payant tout. Pendant ce temps dans notre dos, ils profitaient pour aller dans des fast-foods, sachant qu'ils n'avaient pas assez d'argent pour payer leurs factures, l'essence pour aller travailler, et mon fils devait, de ce fait, faire appel à moi.

Il arrivait même qu'en ayant tout programmé, tout payer pour eux, elle avait décidé de bouder, et de ne pas venir aux sorties, aux repas à la maison. Nous restions avec nos billets sur le dos, nos réservations, ou le repas prêt. Elle s'en foutait, que nous ayons déboursé pour eux.

Rien ne l'atteignait. Elle n'en avait rien à faire. Par contre, elle était super gentille, lorsque vous lui faisiez des cadeaux à Noël, à son anniversaire, ou que vous lui donniez des bijoux, des vêtements de la nourriture, de l'argent. Là, elle était intéressée, mais aider lorsqu'elle venait pour manger, ou pour ramasser les légumes dans le jardin, ou mettre ou débarrasser la table, là, il n'y avait plus personne. Elle s'installait de tout son long sur le canapé, devant la télévision, et ne levait pas le petit doigt, attendant que tout soit fait, se plaignant de n'être pas bien, de ne pas avoir dormi correctement, et j'en passe. Par contre, mon fils m'aidait comme il pouvait, mettant et débarrassant la table, épluchait les légumes, mettait le linge à laver, pendant que Mademoiselle se vautrait sur le canapé, le portable à la main devant la télévision, nous regardait de son sourire narquois.

Mon fils, au fur et à mesure des jours et des mois, déprimait, avait un visage décomposé, très fatigué, la tristesse se lisait dans ses yeux. Il ne disait rien, et subissait chaque jour d'avantage. Tous ses copains disparaissaient, il était isolé de tout. Elle faisait tout pour qu'il se fâche avec moi, et qu'il ne vienne plus me voir. Il passait rapidement le matin ou le soir pour me faire un coucou, et voir comment j'allais. Je voyais bien qu'il était malheureux. Elle lui interdisait tout, le tenait sous sa coupe, et lui, toujours aussi amoureux, subissait, prenait toujours et encore sa défense.

Parfois, il lui arrivait de partir en "live". Il prenait une cuite, et là, n'en parlons pas, c'était des menaces de sa part. Nous avons dû à maintes reprises venir en urgence, car elle lui faisait des chantages de se foutre en l'air, de passer à l'acte. Parfois, il ne pouvait même pas rentrer chez lui, elle lui interdisait l'entrée de l'appartement en laissant les clés dans la serrure. De ce fait, il venait se réfugier à la maison. D'autres fois, elle prenait les clés, lui interdisant de sortir de la maison.

Il ne tenait plus debout, devant se faire le linge, le repas, le ménage, pendant que mademoiselle se la coulait douce.

Elle se plaçait toujours en victime pour qu'on la plaigne. Un besoin de chantage ouvert, des mensonges à n'en plus finir comme une arracheuse de dents, elle nous faisait sans cesse culpabiliser, reportait sa responsabilité sur mon fils sur les problèmes financiers et les divergences. À tout moment, elle changeait d'opinion, de comportements, de sentiments : je t'aime, je ne t'aime plus, je reste, je pars.

Elle nous faisait sentir qu'elle était parfaite, et que c'était à nous de changer.

Elle était asociale avec tout son entourage.

Souvent, elle se faisait passer, sur les réseaux sociaux, pour d'autres personnes afin de mieux nous manipuler, nous contrôler, et arriver à ses fins et diviser tout le monde pour mieux régner.

Sa jalousie la rendait complètement folle, il fallait qu'elle sache tout ce que mon fils faisait, heure du début et fin du travail, où il allait. Elle le harcelait du matin au soir par SMS ou par téléphone, ne lui laissant pas un moment de répit. Si elle n'arrivait pas à le joindre, elle appelait toutes les personnes de sa connaissance jusqu'à qu'on lui réponde. Quand elle ne voulait pas venir à des soirées ou repas, pendant toute son absence, elle l'appelait sans arrêt afin de lui gâcher sa soirée ou sa journée, ne supportant pas qu'il soit quand même allé aux invitations de la famille, ou des amis, en nous harcelant sur les portables, pour savoir ce qu'il faisait pendant la soirée.

Jamais, elle n'a accepté la critique, et même devant des preuves à l'appui, elle niait l'évidence.

Personne avec elle n'avait le droit d'avoir des besoins et des désirs, et encore moins dans son couple. Elle exigeait de mon fils de lui montrer tous ses SMS, ses amis sur Facebook, et parlait à cor et à cri d'une certaine conception du couple qu'elle n'appliquait jamais dans ses actes (fidélité, écoute, évolution, partage, solidarité, aide, travail...).

Après un an de galère, un soir, mon fils est arrivé en me demandant de dormir à la maison, et d'aller chercher ses affaires chez lui, ne voulant plus la voir. Comme toujours, j'ai dit présente. Je suis donc partie à l'appartement, et là malheureusement, elle m'a interdit l'entrée. Elle était avec sa sœur. Au bout d'un moment, elle a ouvert malgré tout la porte, et voulant entrer, elle m'a bousculé, me disant que je n'avais aucune autorité de venir chez elle, ni de forcer la porte, même si je cautionnais le loyer. J'ai reçu un coup de sa part. Elle était dans une colère noire. En ligne avec ma fille, qui arrivait plus ou moins à la canaliser, elle ne voulut malgré tout rien entendre, même avec les menaces de faire venir les gendarmes pour pouvoir prendre les affaires de mon fils.

Sa sœur au bout d'un moment est descendue, et là, Mademoiselle a commencé à jeter les affaires de mon fils par la fenêtre. Ne voulant pas trop de casse, nous avons appelé les gendarmes. Ils sont arrivés quelque temps après, constatant la casse sur la voie publique. Ils sont montés la voir, après un grand moment, la situation est devenue burlesque, c'était moi qui étais en tort de vouloir rentrer chez elle. Elle avait réussi à embobiner les forces de l'ordre. Il fallait que ce soit mon fils en personne qui vienne, même si j'étais en possession des clés, et de son autorisation. Elle avait tous les droits, puisqu'elle était aussi sur le bail et avait son mot à dire.

De retour, chez moi avec un de ses copains qui m'avait accompagné, mon fils est retourné chez lui, mais il est resté de nouveau avec elle.

Elle avait réussi à le convaincre que c'était ma faute, et que je lui avais comme d'habitude monté la tête contre elle.

Les jours, les semaines ont passé, la situation empirait de pire en pire. Puis un beau jour, mon fils m'a carrément demandé de faire auprès du propriétaire une résiliation du bail. Il n'en pouvait plus.

J'ai dû me battre, et déployer beaucoup de patience avec elle, afin qu'elle signe la lettre. J'ai dû jouer son jeu, en lui faisant grâce de dire comme elle, tout n'était pas de sa faute, mon fils avait beaucoup de torts. Il en avait, bien sûr, car il lui avait souvent menti en lui disant qu'il ne venait plus me voir, ou qu'il allait passer une soirée chez des copains, qu'il n'allait plus boire une goutte d'alcool, ou qu'il ne jouait plus sur ses jeux, ou qu'il discutait encore avec des ami(e)s.

Le courrier envoyé, tout alla très vite, la propriétaire avait déjà un repreneur immédiatement, pas besoin d'attendre les deux mois de préavis.

La séparation...

Tout s'est enchaîné rapidement, il fallait à tout prix, qu'elle parte rapidement, que le ménage soit fait lors de la première visite du nouveau locataire.

Mais que de problèmes, elle ne voulait laisser rentrer personne dans l'appartement, me disant qu'elle était à Bordeaux, pas chez elle, qu'elle ne voulait que personne ne rentre sans qu'elle soit là, que le ménage n'était pas fait. Des mensonges à n'en plus finir. Elle était bien là, mais ne voulait en aucun cas que le nouveau locataire prenne l'appartement, bloquant ainsi tout accès pour la signature du bail, et appelant la propriétaire pour annuler le rendez-vous dans mon dos. Heureusement, la propriétaire connaissait le problème, et m'a confirmé notre accord de la visite le jour même. Après plus d'une heure de discussion derrière la porte, elle a enfin daigné ouvrir. L'appartement puait la pisse, la merde, tout était en vrac, la vaisselle débordait comme d'habitude dans l'évier, le linge sale était entassé à côté du lave-linge, elle, en petite tenue.

En attendant la propriétaire, elle me raconta, qu'elle était allée à Bordeaux rejoindre mon fils en soirée, qu'il lui avait demandé de venir, sachant qu'elle m'avait raconté la veille sur Facebook, qu'elle allait voir une amie, et de ne pas venir la voir. D'après ses dires, mon fils lui avait fait faux bond. De là, elle m'expliqua qu'une personne l'avait recueillie chez elle pour dormir, mais qu'il avait osé la toucher. Ce que je n'ai pas compris, tout de suite, c'est que n'ayant pas d'argent, elle avait des billets sur elle. Lui demandant des explications, elle m'annonça que la personne lui avait donné de l'argent, sans rien demander d'autre. Mais plus tard, elle nous jeta au visage qu'elle avait fait cela pour aider mon fils. Mon Dieu, que penser de sa façon d'agir, que croire.

Après cette discussion, qui me laissa dans mes pensées, elle accepta de s'habiller avec beaucoup de rancœur à mon égard.

Le bail du nouveau locataire fut signé dans la foulée.

J'avais une semaine pour tout mettre en ordre dans l'appartement, qu'elle parte, et faire le déménagement.

Je savais pertinemment qu'elle ne ferait rien, pour remettre tout aux normes, et rendre l'appartement propre.

Personne, d'après elle, ne voulait de sa présence chez eux.

Le dimanche, mon fils, mon ami et moi-même sommes arrivés pour sortir les affaires. Ce fut dur pour faire ouvrir la porte de nouveau. Après plus de deux heures de discussion, j'ai réussi. Nous avons pu ainsi commencer à sortir les meubles.

Je me doutais que l'appartement serait sale, mais j'ai découvert au fur et à mesure que nous tirions les meubles, des tampons sales, de la merde de chats, des détritus.

Dans le frigidaire, il y avait de la nourriture que nous leur avions donné complètement pourrie dans une poche, et une puanteur à l'intérieur. Les affaires, les papiers, les meubles (matelas, penderie...) et les vêtements étaient pleins de pisses et de merde. Le matelas était imprégné, et avait pourri.

Pendant ce temps, elle nous regardait faire, ne s'occupant même pas de ses affaires, nous menaçant d'aller porter plainte contre nous, de la mettre à la rue, n'appelant même pas des numéros d'aide d'urgence que je lui avais remis. Elle ne voulait pas, car elle n'avait pas envie de se séparer de ses chats.

Vers 20 heures, nous étions dans l'impasse, personne pour la prendre. Nous avons décidé de prévenir sa sœur, et que si personne de sa famille ne prenait des décisions, nous allions porter plainte contre eux. Et là miraculeusement, un de ses frères, et ses parents acceptaient de la prendre. Après maintes discussions, je l'ai amenée moi-même chez ses parents avec ses chats et ses affaires.

Il ne me restait plus qu'à mettre l'appartement à neuf.

J'ai mis cinq jours, et plus de vingt heures pour le nettoyer, pourtant, il ne faisait pas plus de 22 m².

Heureusement que je n'avais pas dit qu'il me restait autant de temps pour rendre l'appartement sinon, elle serait restée jusqu'au bout pour nous embêter et perdre la caution que j'avais avancée.

Je pensais enfin, que mon fils allait pouvoir revivre, et se refaire une santé, tourner la page, et repartir sur de bons pieds.

Malheureusement, elle n'a pas supporté la défaite, m'attaquant sur Facebook, en mettant tout sur mon dos, me dénigrant, me défiant, et me narguant.

Je n'ai pas baissé les bras, je lui ai répondu ces quatre vérités, en lui faisant comprendre tous ses actes, sa façon d'agir et lui faire comprendre qu'elle n'était qu'une manipulatrice, et en publiant les photos que j'avais faites de l'appartement. Mon fils n'a pas apprécié mes dires ni ma façon d'agir. Il continuait malgré tout à prendre sa défense.

Je me suis mise très en colère, car il avait des dettes partout, et il ne pouvait pas s'en sortir tout seul, dans sa situation. Nous devions l'aider financièrement, et là, nous avions notre mot à dire étant donné qu'il était sous notre toit.

Car sa copine était partie en lui laissant tout à payer, à faire, et que pour elle, la vie était rose.

Retour vers la peur du lendemain...

Quelque temps après, j'ai eu la surprise d'apprendre par son intermédiaire, qu'ils étaient de nouveau ensemble, et qu'elle avait de nouveau gagné, que j'allais perdre mon fils, ou qu'elle ferait tout pour.

J'étais d'une colère monstre le soir lorsqu'il est rentré, je n'acceptais pas son mensonge et encore moins d'être prise pour une idiote, être narguée sur les réseaux sociaux par son ex-copine, sachant que c'était lui, qui nous avait demandé de l'aide.

Bien sûr, j'ai cru mon fils, quand il m'a dit qu'il ne la voyait qu'en amie.

Je suis partie quelque temps chez mes parents, et là, la surprise, sur Internet à mon retour, une photographie de Mademoiselle chez moi, dans une de mes tenues au Premier de l'An. J'avais fait confiance à mon fils, mais il a abusé de moi, en faisant venir Mademoiselle. Ils ont eu le culot d'aller dans ma chambre, d'ouvrir tous les placards, de s'habiller avec mes vêtements, de se prendre en photographie, et me narguer.

À ce jour, je m'éloigne, car je ne sais plus comment la combattre, ni comment faire prendre conscience à mon fils qu'il se fait manipuler.

De toute façon, il n'est plus question qu'elle remette les pieds chez moi, ni d'avoir aucun contact avec elle. Mon fils ne sait pas où il met les pieds. Il l'aime, pour le moment, il a toujours les yeux fermés. Il l'a dans la peau. Je reste là à regarder mon fils s'enfoncer doucement. Actuellement, il vit toujours à la maison. La tension est grande, il a l'impression que nous ne voulons pas qu'il vive, qu'il est prisonnier. Au contraire, nous aimerions qu'il rencontre des ami(e)s, qu'il sorte, qu'il parte en vacances, car jusqu'à ce jour, il n'a rien pu faire. Toujours enfermé, entre quatre murs avec elle, depuis qu'il la connaît. J'aimerais qu'il réagisse, qu'il comprenne que nous ne voulons que son bonheur. Mais pour l'instant, il n'est pas apte à vouloir, savoir quoi que ce soit, qu'elle le manipule, en lui mentant, en allant sur des sites de rencontres comme Badoo, parlant à tous les gars, se plaignant de moi sur Facebook. Heureusement, les ami(e)s me préviennent à chaque fois. Je ne veux plus souffrir à cause d'elle, et j'estime que depuis plus de deux ans que je la supporte, j'ai fait mon devoir, en les aidant du mieux que je pouvais, avec mes moyens, en les dirigeant vers les actions à mener pour trouver un travail, de l'aide, et pouvoir s'assumer seuls. Mais rien de tout ce que j'ai fait n'a été pris en compte, et je resterai pour elle, un bourreau. Non, je ne l'accepterai plus, quitte à devoir stopper des relations familiales ancrées en moi depuis mon enfance, je le ferai au nom de mon bien-être.

J'ai déjà assez souffert pendant toute ma vie, j'aspire à vivre heureuse, en paix, et vivre ma propre vie. Ne plus avoir peur des lendemains, que va-t-il se passer encore aujourd'hui ?

Quelque temps après, j'ai eu la surprise d'apprendre par son intermédiaire, qu'ils étaient de nouveau ensemble, et qu'elle avait de nouveau gagné, que j'allais perdre mon fils, ou qu'elle ferait tout pour.

J'étais d'une colère monstre le soir lorsqu'il est rentré, je n'acceptais pas son mensonge et encore moins d'être prise pour une idiote, être narguée sur les réseaux sociaux par son ex-copine, sachant que c'était lui, qui nous avait demandé de l'aide.

Bien sûr, j'ai cru mon fils, quand il m'a dit qu'il ne la voyait qu'en amie.

Je suis partie quelque temps chez mes parents, et là, la surprise, sur Internet à mon retour, une photographie de Mademoiselle chez moi, dans une de mes tenues au Premier de l'An. J'avais fait confiance à mon fils, mais il a abusé de moi, en faisant venir Mademoiselle. Ils ont eu le culot d'aller dans ma chambre, d'ouvrir tous les placards, de s'habiller avec mes vêtements, de se prendre en photographie, et me narguer.

À ce jour, je m'éloigne, car je ne sais plus comment la combattre, ni comment faire prendre conscience à mon fils qu'il se fait manipuler.

J'ai déjà assez souffert pendant toute ma vie, j'aspire à vivre heureuse, en paix, et vivre ma propre vie. Ne plus avoir peur des lendemains, que va-t-il se passer encore aujourd'hui ?

Conclusion

Je ressens beaucoup de désarroi par son indifférence et la douleur qu'elle nous apporte.

INDIFFÉRENCE – DOULEUR...

Sa présence infligée apporte à ma vie,
Une ride qui se creuse sur mon visage,
Comme un mauvais pli sur ma ligne de vie.
Une crevasse où se niche son existence.
Et ses mensonges et ses ignobles tromperies,
Elle montre à quel point,
La vie des autres n'est rien.
Vivre veut dire repos, amusement,
Pour les autres, un travail ardu de tous les jours.
Devant elle, il faut faire des courbettes, se taire,
Ne rien dire et subir à chaque instant de la vie.
Combien de temps encore ?
Rien ne la touche, même pas l'amour,
La gentillesse, ni la colère, ni le désarroi,
Ni l'indifférence.
Elle brave le monde, et pense tout savoir.
La vie est bien différente.
Hélas, je dois supporter, subir,
À chaque instant de ma vie,

Et je n'en peux plus.
Qui aurait pu croire !
Qu'en lui ouvrant, mon cœur, ma maison,
J'allais souffrir autant.
Personne ne voit rien,
Tout est fait dans le dos,
Et bien sûr, qui on croit ?
Moi, non.
Je souffre, et personne ne comprend.
Tout est ma faute,
J'ai les épaules larges.
Elle sait manipuler, se faire dorloter,
Et que l'on s'apitoie sur son sort.
Moi, je reste là sans comprendre,
Dans ma douleur,
Et je dois vivre avec,
Et surtout ne rien dire et subir.

MODVAREIL

Je ne peux m'empêcher de ressentir sa vie de tous les jours, face à ses agissements devant sa façon d'agir...

VOILÀ À QUOI RESSEMBLE SA VIE...

Voilà à quoi ressemble sa vie...
Sa vie ressemble à un tourbillon de mensonges,
Sa vie rime à une tornade d'hypocrisie,
Sa vie évoque la jalousie,
Sa vie associe les forces du mal en elle,
Sa vie décuple le dégoût du travail,
Sa vie lie la paresse,
Sa vie engendre le mépris d'autrui,
Sa vie génère l'antipathie des gens,
Sa vie reproduit le reflet du regard des autres,
Sa vie tourne autour de la lune,
Sa vie tourbillonne autour de son lit,
Sa vie correspond au néant,
Sa vie s'entoure de sous-entendus,
Sa vie griffonne le temps qui passe,
Sa vie s'appelle repos du guerrier,
Sa vie détruit tout sur son passage,
Sa vie dégringole au fond du gouffre,
Sa vie désaltère son besoin de puissance,
Sa vie enrichit ses sarcasmes,
Sa vie sollicite la méchanceté,
Sa vie génère la solitude,

Sa vie se compose d'abus vis-à-vis des autres,
Sa vie débouche à être une assistée,
Sa vie demande les courbettes des autres à ses pieds,
Sa vie empoisonne l'existence du monde,
Sa vie importune ses besoins de détruire,
Sa vie est une soif de vengeance,
Sa vie s'appelle avenir,
Sa vie crie besoin de personne,
Sa vie cauchemarde des besoins d'extermination,
Sa vie savoure le poids de ses actes,
Sa vie se joint à elle pour ensorceler,
Sa vie camoufle son mépris,
Sa vie altère sa capacité à tout accaparer,
Sa vie dessine son visage de démon,
Sa vie sert à profiter des personnes,
Sa vie condamne la beauté de la vie,
Sa vie asservit les êtres normaux,
Sa vie démantèle le bonheur de vivre,
Sa vie exige les autres à son service,
Sa vie se caractérise par le besoin d'assouvir sa méchanceté,
Voilà à quoi ressemble sa vie en général.
Pour rien, elle ne la changera pour le bien des autres,
Elle se sent bien dans ce monde qu'elle a créé,
Voilà à quoi sa vie ressemble à jamais...

MODVAREIL

Toujours et encore le même refrain...

Toujours et encore le même refrain...
Tu ne sais pas vivre avec les autres,
Tu t'enfonces dans ton monde imaginaire,
Tu détruis les personnes autour de toi,
Tu ne vois pas la réalité des choses.
Pour toi, la vie n'est qu'un amalgame,
Tu dors, tu joues, tu domines, tu interdis les plaisirs de la vie.

Toujours et encore le même refrain...
Une princesse qui veut se croire au-dessus des autres,
Tes paroles sont le reflet de ton existence,
Transparente, sans goût, sans illusion, sans amour, sans travail.
Tu marches sans regarder le mal que tu fais,
Tu existes sans exister.

Toujours et encore le même refrain...
Tu sais dire oui, mais au fond de toi, tu t'en fous.
Tu peux toujours causer, je ne vous écoute pas.
Tu n'en fais qu'à ta tête,
Même si les autres avancent, toi, tu restes loin,
Tout en menaçant leur existence,
Tout en détruisant le bon en nous,
Tu n'as besoin de rien,
Pourtant, tu n'es pas capable de te prendre en main,
Ni faire les choses simples de la vie

Ni être une femme à part entière.

Toujours et encore le même refrain...
Tu es un mal au fond de toi,
Tu ne vois pas, la souffrance que tu crées,
Pendant ce temps, nous subissons.
Tu interdis tout,
Même le bonheur, tu le rejettes,
Tu nous empêches de vivre.
Pourtant, nos bras ouverts sont tendus vers toi,
Tu n'en veux pas...

Toujours et encore le même refrain...
Nous ne sommes rien pour toi,
Les amis, la famille se détournent petit à petit,
Tu ne comprends pas pourquoi.
Regarde-toi dans une glace,
Analyse le pour et le contre,
Le bien, le mal,
L'amour, le rejet,
Peut-être enfin, tu ouvriras les yeux.
La vie n'est pas un simple roman,
Je commande, on se tait devant moi.
Non, il faut savoir donner, pour recevoir.
Il faut être présent quand il faut.
Il ne faut pas rejeter ses fautes,
Ni ses agissements sur les autres.

Pour être respectée, tu dois te respecter toi-même
Pour être aimée, tu dois d'abord t'aimer,
Tu dois te prendre en charge,
Tu dois réagir, personne ne peut le faire pour toi,
Tu dois t'investir dans ton couple,
Ton ami n'est pas ton objet,
Ni un être qui doit respecter toutes tes règles,
Ni le prendre pour ton chien,
Et encore moins pour ton esclave.

Toujours et encore le même refrain...
C'est un être qui t'aime, et qui tient à toi,
Une personne qui trime dur,
Mais qui subit tes interdictions, tes coups,
Tes caprices, tes insultes, tes menaces.
Où est l'amour là-dedans ?
Il faut être deux pour avancer.
Non, un qui condamne l'autre en esclavage.
Et le petit toutou à sa princesse.
Pour réussir, il faut savoir partager,
Comprendre, estimer l'autre.

Toujours et encore le même refrain...
Au lieu d'avancer dans la vie,
Tu recules chaque jour de trois pas,
Tu n'y arriveras jamais dans ces conditions,
Tu ne feras qu'empirer le venin qui coule.

Tu ne pourras pas interdire les autres de te voir ainsi.
C'est le reflet que tu donnes de toi.
Ton comportement sans te connaître, nous flache aux yeux.
Ta façon de réagir marque le manque de respect des autres.
Tu veux avoir la paix,
Mais comment l'obtenir en agissant ainsi ?
Tu n'as pas de respect et tu veux le respect.
Tu n'as pas de travail et tu jalouses les autres,
Tu ne fais rien pour en trouver,
Tu passes tes journées à ne rien faire,
Tu n'as pas de courage, et tu détruis le courage des autres,
Tu as vingt ans, tu es toujours lasse, fatiguée sans rien faire.
Incapable d'aider lors de fêtes, de repas.
Tu te dis, je suis la princesse, on me doit tout.
Tu ne veux pas rester aux fêtes avec ton ami,
Mais toute la soirée,
Tu la gâches en nous harcelant par téléphone.
Les coups de téléphone pleuvent sur tous nos portables.
Il faut répondre, mais par contre, toi jamais tu ne réponds.
Tu donnes des excuses bidons,
Sachant très bien que la vérité, nous la connaissons ?
Je dors, je veux qu'on me fiche la paix,
Pas besoin de travail, j'ai mon esclave, mon souffre-douleur.
Tu peux parfois être adorable,
Ou te comporter comme une peste.
Si tu ne changes pas,
Nous ne voyons pas comment tu peux fonder une famille,

Les autres sont là pour tout te faire.
Tu n'auras pas toujours un esclave,
Un toutou pour tes caprices de princesse,
Il est grand temps d'ouvrir les yeux,
De regarder la vérité en face,
Réagir, et vivre comme une personne normale.
Toujours et encore le même refrain.

MODVAREIL

Voilà ce qu'elle chante à tue-tête, heureuse comme un poisson dans l'eau, un pinson derrière notre dos et savoure tranquillement sa victoire.

TOUJOURS, ET TOUJOURS ENCORE...

Toujours, et toujours encore...
Je suis une princesse,
J'ai mon toutou à moi,
Toujours et encore le même refrain...
Je suis une princesse,
J'ai mon esclave.

Toujours, et toujours encore...
Je suis une princesse,
À mes pieds, j'ai le monde.

Toujours et encore le même refrain...
Je suis une princesse,
Devant moi, la liberté d'agir,
Toujours, et toujours encore...
Je suis une princesse,
Je serre entre mes mains la liberté.

Toujours et encore le même refrain...
Je suis une princesse,
Personne ne peut m'atteindre,

Toujours, et toujours encore...
Je suis une princesse,
Je vis ma vie de bohème.

Toujours et encore le même refrain...
Je suis une princesse,
Ayant le droit de tout anéantir,
Toujours, et toujours encore...
Je suis une princesse,
Je déclare la guerre.

Toujours et encore le même refrain...
Je suis une princesse,
Le travail n'existe pas,
Toujours, et toujours encore...
Je suis une princesse,
Je défie la vie.

Toujours et encore le même refrain...
Je suis une princesse,
Je sacrifie les autres,
Toujours, et toujours encore...
Je suis une princesse,
Je détruis tout sur mon passage.

Toujours et encore le même refrain...
Je suis une princesse,

Je mène les autres par le bout du nez,
Toujours, et toujours encore...
Je suis une princesse,
Je suis la lumière des dieux.

Toujours et encore le même refrain...
Je suis une princesse,
Le monde est à mes pieds.
Toujours, et toujours encore...
Je suis une princesse,
J'anéantis tout sur mon passage,
Toujours et encore le même refrain...
Je suis une princesse,
Rien n'est trop beau pour moi.

Toujours, et toujours encore...
Je suis une princesse,
La possession est mon reflet,
Toujours et encore le même refrain...
Je suis une princesse,
Rien, ni personne ne me changera.

Toujours, et toujours encore...
Je suis une princesse,
La jalousie est une flamme brûlante,
Toujours et encore le même refrain...
Je suis une princesse,

Je fais ce que je veux.

Toujours, et toujours encore...
Je suis une princesse,
Je resterai toujours une princesse,
Toujours et encore le même refrain...
Je suis une princesse,
Avec tous mes toutous.

Toujours, et toujours encore...
Je suis une princesse,
Les courbettes, c'est un dû,
Toujours et encore le même refrain...
Je suis une princesse,
La princesse de la vie.

Toujours, et toujours encore...
Je suis une princesse,
Les esclaves sont à mes pieds,
Toujours et encore le même refrain...
Je suis une princesse,
Peu m'importe, je suis une princesse,
Toujours et toujours encore...
Toujours et encore le même refrain...
Je suis une princesse.

MODVAREIL

Table des matières

Biographie Florent Lucéa..3

Florent Lucéa..5

Remerciements..7

Préface..9

Introduction..13

La naissance de l'amour...21

La guerre au quotidien...25

Chacun chez soi..35

La vie en couple...39

La séparation..45

Retour vers la peur du lendemain..49

Conclusion...53

    Indifférence – Douleur..53

    Voilà à quoi ressemble sa vie...55

    Toujours et encore le même refrain..57

    Toujours, et toujours encore...62

© 2017, Modvareil
Éditeur : BoD -Books on DEMAND,
12/14 rond-point des champs Élysées, 75008 Paris
Impression : BoD – Books on Demand, Allemagne

ISBN : 978-2-322-13794-7

Dépot légal : Mars 2017